El Baobab

Ana Galán

Ilustrado por Pablo Pino

W9-CFH-009

everest

www.everest.es

Dirección Editorial: Raquel López Varela
Coordinación Editorial: Ana María García Alonso
Maquetación: Cristina A. Rejas Manzanera
Diseño de cubierta: Francisco A. Morais

SEGUNDA EDICIÓN

© del texto, Ana Galán
© de la ilustración, Pablo Pino
© EDITORIAL EVEREST, S. A.
Carretera León-La Coruña, km 5
ISBN: 978-84-441-4814-4
Depósito legal: LE. 1233-2012
Printed in Spain - Impreso en España

EDITORIAL EVERGRÁFICAS, S. L.
Carretera León-La Coruña, km 5
LEÓN (España)
Atención al cliente: 902 123 400

*A mi perro Keats que, aunque no pueda leerlo,
es mi inspiración para el personaje de Mondragó.*
Ana Galán

*A mis viejos, porque nunca me faltó
una hoja en blanco y un lápiz.*
Pablo Pino

Lo que pasó hasta ahora...

Cale descubrió que Rídel, el libro misterioso que Mondragó había sacado del castillo del alcalde Wickenburg, era muy especial. Sus páginas brillaban y cambiaban de color, siempre estaba muy caliente y parecía que tenía un pulso que se aceleraba en las situaciones de peligro. Pero lo más impresionante de todo es que ¡podía hablar! Rídel hablaba siempre en verso y, mientras lo hacía, en sus páginas aparecían palabras y dibujos.

Rídel les contó a Cale y a sus amigos que debían ir al Bosque de la Niebla para ayudar a sus amigos los árboles parlantes y protegerlos de un verdugo que los estaba talando. El Bosque de la Niebla era un lugar muy siniestro y los habitantes de Samaradó tenían prohibida la entrada, pero decidieron ver qué estaba pasando. Cuando llegaron, conocieron al roble Robledo, un árbol muy antiguo que les contó que, para recuperar a los árboles parlantes, Cale y sus amigos debían encontrar seis semillas y plantarlas en el bosque en una noche de plenilunio.

Mientras el roble Robledo les contaba el gran secreto del bosque, unas rocas inmensas empezaron a moverse y apareció un dragón gigantesco que vio a los chicos y comenzó a rugir. Pero el dragón no pudo salir volando detrás de ellos porque estaba encadenado y una persona encapuchada le castigaba con su látigo.

Antes de que el encapuchado los descubriera, Cale y sus amigos consiguieron salir del bosque. En el camino les estaba espe-

rando Murda, el diabólico hijo del alcalde, que quería saber qué estaban haciendo allí. Por suerte, apareció justo a tiempo Antón, el dragonero, y cuando vio que Murda llevaba espuelas, se lo llevó castigado a la dragonería. Sin embargo, Murda amenazó a los chicos con vengarse.

Una vez a salvo de Murda y del encapuchado del Bosque de la Niebla, Rídel les contó a los cuatro amigos que la primera semilla estaba en la secuoya, el árbol más alto de Samaradó, situado en la cima de la peligrosa Colina de los Lobos. Para ir a la colina, Cale tuvo que cruzar con Mondragó

un puente viejo y quebradizo que atravesaba un precipicio peligroso. Por fin consiguieron llegar a la secuoya y Cale y Mayo treparon por dentro para coger la semilla roja, cuando de pronto apareció una jauría de lobos rabiosos. Los lobos atacaron a Mondragó, pero el dragón pensaba que estaban jugan-

do y se dedicó a corretear con ellos. También atacaron a Arco y Casi que tuvieron que salir volando en sus dragones. Cale consiguió la semilla roja de la secuoya, pero ¡los lobos le tenían rodeado! Por suerte, aparecieron Mayo y Arco con sus dragones, agarraron a Cale por los brazos y lo llevaron por los aires hasta el otro lado del puente, a salvo de los peligrosos animales.

Ya tenían la primera semilla en su poder aunque todavía les quedaban cinco más.

¿Dónde estarán las siguientes?

¿Conseguirá Murda vengarse de los chicos?

¿Y quién era el ser encapuchado que estaba talando los árboles del Bosque de la Niebla?

Descubre eso y mucho más en esta nueva aventura de Mondragó.

CAPÍTULO 1

El escondite perfecto

Cale tenía que esconder la semilla roja que habían encontrado el día anterior en la secuoya y decidió que la biblioteca de su castillo sería el lugar más seguro. Fue hasta la inmensa sala cubierta de estanterías de madera repletas de tomos antiguos

y muy valiosos. En el centro de la habitación había una silla muy alta y una gran mesa de madera sobre la que descansaban unos pergaminos, escuadras, cartabones, una pluma y un tintero. Ahí era donde su padre, el arquitecto de Samaradó, diseñaba los nuevos castillos que pronto empezarían a construirse. Cale se fijó en el pergamino desplegado sobre la mesa. En el dibujo se veían muchos árboles tachados y distintos planos.

«¿Dónde van a construir todo esto?», pensó Cale. El lugar le resultaba familiar pero no acababa de localizarlo. «Bueno, ya me enteraré. Ahora tengo que ocuparme de esconder la semilla».

Cale se subió a una escalera de madera muy alta que se apoyaba contra una de las estanterías y sacó un libro de tapas azules que estaba cubierto de polvo. Nadie lo había abierto en mucho tiempo. Era el escondite perfecto. Lo abrió y

metió la semilla en el agujero que había
entre las hojas. Una vez a salvo, volvió a
meter el libro en su sitio y sonrió. Ahora
podría concentrarse en buscar las otras
cinco semillas. Empezó a bajar las escaleras
cuando le sobresaltó la voz de su hermana.

—¿Qué haces aquí?
—le preguntó Nerea
que, como siempre, iba
acompañada de su dra-
gona de colores, Pinka.

—Yo… eh… estaba bus-
cando un libro… —balbu-
ceó Cale.

—¿Tú? ¿Un libro en ple-
nas vacaciones de verano?
—se burló Nerea—. ¿No es-
tarás enfermo?

—No, quería buscar in-
formación sobre los árboles
parlantes —contestó Cale y
nada más decirlo se arrepin-
tió de haberlos nombrado.
Esperaba que Nerea no
sospechara nada con su
interés repentino por los
árboles del Bosque de la
Niebla.

—Ah, las viejas leyendas de Samaradó —dijo Nerea acercándose a la sección donde guardaban los libros de ficción—. Supongo que no creerás todas esas tonterías, ¿no?

—Para nada —contestó Cale.

«Sí, ya, tonterías, si tú supieras…», pensó.

—Aquí tienes muchos —dijo Nerea sacando uno muy gordo con las páginas amarillentas. Lo abrió y se quedó mirando los dibujos de unos árboles con aspecto tenebroso que amenazaban con sus ramas a una niña—. Cuando yo era pequeña como tú, también me gustaba leer estos cuentos, pero ahora leo cosas más importantes.

Nerea era la típica hermana mayor a la que le encantaba presumir de saber más cosas que Cale. Normalmente Cale habría empezado a discutir con ella, pero en ese momento tenía otros planes y no quería entretenerse con peleas.

—Por cierto —siguió Nerea—. Me pareció ver a Mondragó entrando en la cocina. Deberías controlar a tu dragón un poco mejor y no dejar que deambule por ahí él solo.

Nada más decir esas palabras, se oyó un grito desde la cocina. Era la madre de Cale.

—¡Sal de aquí inmediatamente! —dijo—. ¡Cale Carmona! ¡Mira lo que ha hecho tu dragón ahora!

Cale fue corriendo hacia la cocina. Cruzó la puerta y vio a Mondragó sentado en el suelo con cara de bueno y restos de comida que le salían por las comisuras de la boca. Su padre lo sujetaba por la correa mientras la madre recogía los platos rotos esparcidos por el suelo.

—¡Se lo ha comido todo! —protestó su madre—. ¡TODO! ¡El guiso de carne que tenía para esta noche, el pan recién horneado y hasta las verduras!

Mondragó siempre haciendo de las suyas. Se hacía pis en el castillo, jugaba sin parar, se distraía con cualquier cosa y ahora le había dado por zamparse todo lo que dejaran a la vista. ¡Qué difícil le resultaba controlarlo! —Yo… lo siento —se disculpó Cale mientras ayudaba a su madre a recoger—. Mayo me dijo que me ayudaría a entrenarlo y precisamente he quedado con ella ahora. Ya me lo llevo.

—Cale —dijo su padre con cara de pocos amigos—, esto no puede seguir así. A partir de esta noche Mondragó tendrá que dormir en las dragoneras y no volverá a entrar en el castillo hasta que demuestre que sabe comportarse.

—¡Pero papá! —protestó Cale—. Mondragó solo tiene ochenta años y se sentirá muy solo.

—Nada de peros. Además, no estará tan solo. Allí duermen todas las noches nuestros dragones y no les pasa nada —dijo el señor Carmona—. Está decidido. Si lo entrenas bien, podrá volver a entrar, pero hasta entonces no quiero volver a verlo en el castillo.

Cale sabía que cuando su padre tomaba una decisión, era inútil discutir y, en el fondo, tenía razón. En las dragoneras estaría mucho más seguro. Le puso la correa a Mondragó y tiró con fuerza para sacarlo de la cocina.

—¡Vamos, Mondragó! —dijo—. Tenemos mucho trabajo que hacer…

CAPÍTULO 2

Un nuevo mensaje de Rídel

Cuando por fin consiguió que se levantara y lo siguiera, Cale subió a su habitación, cogió a Rídel, el libro parlante, y un poco de pienso para dragones y los metió en su bolsa. Después buscó su paloma mensajera pero se dio cuenta de que todavía no había vuelto.

«Qué raro», pensó. «Ayer la envié al castillo de Mayo y ya tenía que haber regresado. ¿Le habrá pasado algo?».

Decidió que cuando viera a su amiga le preguntaría si la tenía y, sin perder más tiempo, salió del castillo con Mondragó.

—¡Adiós! —gritó hacia la cocina—. ¡Me voy con mis amigos!

Cale llevó a Mondragó hasta las dragoneras donde había guardado el mondramóvil. Allí estaban los majestuosos dragones de sus padres, Karma y Kudo. Les acarició la cabeza y después ató a Mondragó a las cinchas del mondramóvil. Se subió a la estructura de madera y le dio una orden a su dragón para que se moviera. Esta vez Mondragó obedeció a la primera y ambos cruzaron el puente que salía del castillo en dirección al cruce de las cinco esquinas donde había quedado con Casi, Mayo y Arco.

Mientras avanzaban por el camino de tierra, a Cale le dio la horrible sensación de que alguien lo seguía. Se giró varias veces y miró entre los matorrales, pero no consiguió ver a nadie. A lo mejor eran imaginaciones suyas.

A lo lejos vio que sus amigos ya le estaban esperando. Mayo y Casi hablaban tranquilamente junto a un árbol, mientras sus dragones Bruma y Chico estaban tumbados al sol. Arco practicaba a tirar piedras con su tirachinas nuevo, y su dragón, Flecha, las recogía y se las llevaba de nuevo a su dueño. Mondragó al

verlos salió corriendo para saludar, arrastrando el mondramóvil a toda velocidad.

—¡Oyeeeee! ¡Tranquilo que me tiras! —gritó Cale sujetándose con fuerza a las riendas.

Mondragó frenó en seco al chocarse contra el dragón de Arco y la parada repentina hizo que Cale saliera volando del mondramóvil.

¡PLAF!

Cale rodó por el suelo y vio que Mondragó se alejaba corriendo para jugar con Flecha.

—¿Has escondido la semilla de la secuoya? —preguntó Casi mientras ayudaba a su amigo a levantarse.

—Sí, está en uno de los libros de mi padre —dijo Cale quitándose la tierra de los pantalones—. Oye, Mayo, ¿por casualidad está mi paloma en tu castillo?

—No —contestó Mayo—, pero si no aparece en unos días tendrás que conseguir otra.

¡No puedes estar incomunicado! El otro día estuve en la palomería y tienen unas nuevas con muy buena pinta que dicen que son muy rápidas.

—Sí, supongo que si no aparece tendré que hacerlo —dijo Cale—, pero a mi madre no le va a hacer ninguna gracia. Ya ha tenido que comprarme dos palomas este año y le molesta mucho cuando pierdo las cosas. Además hoy Mondragó se ha zampado toda la comida y ya no lo dejan entrar más en el castillo…

—Qué desastre de dragón —dijo Casi observando a Mondragó y Flecha que jugaban a perseguirse entre los árboles—. Oye Cale, por cierto, me da la impresión de que a Mondragó le han crecido las alas, ¿no?

Cale se fijó en su dragón. Efectivamente, parecía que tenía las alas más grandes, pero seguían siendo demasiado pequeñas para volar.

—A lo mejor —dijo Cale—, pero Antón ya me dijo que era probable que Mondragó nunca pudiera alzar el vuelo.

—Bueno, venga, vamos a ver qué nos dice Rídel de la siguiente semilla —les interrumpió Arco acercándose al grupo. A Arco le encantaban las aventuras y estaba deseando ponerse en movimiento.

Cale se sentó en la hierba y sacó el libro de su bolsa. Como siempre, sintió su calidez y un latido rítmico. De las hojas salía un brillo verde. Cale lo abrió. En una de las páginas se veía la imagen del gran árbol secuoya y a su lado, la semilla roja que habían conseguido el día anterior.

Rídel se aclaró la garganta y empezó a hablar.

**Riega los viñedos,
huertas y ciruelos.
Entre sus raíces,
buscadla, ¡os lo ruego!**

En cuanto terminó de pronunciar esas palabras, la imagen que había antes se desvaneció y en su lugar apareció un árbol de aspecto muy extraño. Tenía un tronco liso y muy ancho del que salían unas pocas ramas en la parte de arriba.

—Qué árbol más raro —dijo Casi.

—¿Riega los viñedos? —repitió Mayo—. ¿Qué querrá decir con eso?

—Este Rídel ya podría hablar como las personas normales y andarse con menos adivinanzas —protestó Arco.

—Lo que pasa, Arco, es que Rídel no es una persona y mucho menos normal… —dijo Cale—. Ese árbol me

suena, no sé… a lo mejor le podríamos preguntar a alguien…

Mientras los cuatro amigos intentaban descifrar el mensaje de Rídel, no se percataron de que detrás de ellos se empezaron a mover las ramas de unos arbustos. De pronto, alguien apareció entre los matorrales.

Murda.

—Vaya, vaya, nos volvemos a encontrar —dijo el chico acercándose a ellos.

Cale y sus amigos se sobresaltaron al oír su voz. ¿Cuánto tiempo llevaba ahí? ¿Habría oído su conversación?

«Así que eso era», pensó Cale. «Murda me ha estado siguiendo desde que salí del castillo».

Detrás de Murda iba su diabólico dragón que se arrastraba por el suelo y bufaba, echando fuego por la nariz. Murda llevaba en una mano su cadena con la bola de pinchos y en la otra sujetaba un animal por las

patas que se retorcía para intentar soltarse...
¡la paloma de Cale!

—¡Mi paloma! —gritó Cale—. ¡Devuélvemela!

Murda soltó una gran carcajada mientras se acercaba al grupo enganchando la cadena a su cincho para agarrar a la paloma con las dos manos.

—No me digas que la quieres —se burló Murda—. Yo que pensaba tostarla un poco con las llamas de Bronco...

—¡No puedes hacer eso! —gritó Arco—. Suéltala.

—¿Así sin más? Arco, qué iluso eres —dijo Murda acercándose a ellos—. Si queréis este bicho repugnante, me tendréis que dar algo a cambio.

—¿Algo como qué? —preguntó Mayo.

—Algo como ese libro que tiene Cale en las manos —dijo Murda.

Cale se quedó de piedra. Al ver a Murda no se le había ocurrido esconder a Rídel. Lo tenía en las manos y notó que el latido del libro se aceleraba. Rídel brillaba con un color rojo intenso. Lo abrazó entre sus brazos para protegerlo.

—Vamos, no tengo todo el día. —Se impacientó Murda. Como Cale no reaccionaba, el diabólico chico agarró la paloma por el cuello con una mano y con la otra le arrancó lentamente una pluma de la cola. La paloma empezó a moverse y piar del dolor.

—¡No! —gritó Cale.

—Dame ese libro si no quieres ver cómo la desplumo completamente —amenazó Murda arrancándole otra pluma de la cola a la pobre paloma que temblaba asustada.

¡Cale no sabía qué hacer! Si le daba el libro, salvaría a su paloma, pero no conseguirían terminar su misión y salvar a los árboles parlantes. Pero si no se lo entregaba, Murda seguiría torturándola.

—No te fíes de él —dijo Arco.

—¿Y entonces qué hago? —preguntó Cale.

—¡Me estoy cansando de esperar! —gritó Murda mientras tiraba cruelmente de la tercera pluma.

La voz de Rídel sonó en un susurro casi imperceptible.

Déjame ir.
No lo pienses más.
Ya verás que Murda
se arrepentirá.

«¿Qué hago? ¿QUÉ HAGO?», pensó
Cale desesperado.

Antes de que le diera tiempo a tomar una
decisión, Bronco, el dragón de Murda salió
volando hacia él y le arrancó el libro de las
manos con sus garras afiladas.

—¡Dame eso! —gritó Cale mientras salía corriendo detrás del dragón. Pero Bronco se giró en el aire y le lanzó una llamarada haciéndole retroceder.

¡Cale había perdido a Rídel! ¡Tenían que salvar el Bosque de la Niebla y ahora nunca lo conseguirían!

Bronco voló hasta donde estaba su dueño y dejó caer el libro en sus manos.

—¡Ja, ja, ja! —se rió Murda sujetando el libro en alto—. Cale, eres más tonto de lo que me imaginaba.

—¡Ya tienes el libro! —gritó Mayo—. Ahora suelta la paloma.

—¿Ah, sí? —dijo Murda—. ¿Y por qué iba a hacerlo?

—Porque hiciste un trato —dijo Mayo.

—Te equivocas, mayonesa —espetó Murda—. Tu amigo nunca me dio el libro, se lo tuvo que quitar mi dragón, así que el trato se ha roto. De todas formas esta paloma no sirve ni para dar de comer a una rata.

Murda lanzó el asustado pájaro al aire y la paloma huyó aterrorizada.

—Y ahora vamos a ver este libro misterioso que tanto os interesa —dijo sentándose en el suelo mientras su dragón hacía guardia y amenazaba a los chicos rugiendo y soltando fuego para que no se acercaran ni un solo metro.

Cale, Casi, Arco y Mayo se miraron preocupados. Si Murda se enteraba de que estaban intentando recuperar los árboles parlantes seguro que se lo diría a su padre, el alcalde Wickenburg y les caería un buen castigo. Y si no lo hacía, seguro que intentaría robar las semillas él solo y no haría nada bueno con ellas. Las cosas no podían ir peor. Le habían prometido al roble Robledo que no desvelarían el secreto y en menos de veinticuatro horas lo habían echado todo a perder.

—Por favor, no te abras —le rogó Cale a Rídel.

—¿Ahora hablas con los libros, Cale? —se mofó Murda mientras observaba a Rídel con curiosidad. Tocó la tapa de cuero y la abrió.

De pronto, las páginas empezaron a brillar con mucha fuerza. Del interior del libro salía una luz rosa muy potente que se reflejaba en la cara del sorprendido Murda.

Murda entrecerró los ojos para protegerse de la luz brillante y empezó a leer.

—Estamos perdidos —les susurró Arco a sus amigos. Los cuatro dragones se habían acercado a los chicos y miraban asustados mientras Bronco seguía rugiendo ferozmente.

Murda observaba el libro con la boca abierta. Parecía como si no pudiera creerse lo que estaba viendo. Miró a los chicos y después volvió a clavar la mirada en las páginas rosas de Rídel.

—¿Qué demonios? —dijo.

—Murda, por favor, no se lo digas a nadie —dijo Cale resignado a tener que compartir el gran secreto con el perverso chico.

CAPÍTULO 3

La princesa Rosita

Murda siguió pasando las páginas cada vez más sorprendido. Una sonrisa diabólica se dibujó en su cara.

—¿Que no se lo diga a nadie? —dijo Murda con un brillo en sus ojos—. ¡JA JA JA JA JA! ¡Ya os gustaría! ¡Esto es lo mejor que he visto en mucho tiempo!

—¡No, Murda! —gritó Mayo—. ¿Qué pretendes?

Murda le clavó la mirada a Mayo. Se levantó cerrando el libro de golpe y avanzó hacia ellos.

—¿Que qué pretendo? Pretendo que TO-DOS se enteren de las tonterías a las que os

dedicáis. ¡No me extraña que os escondáis!
Pero eso se ha acabado. ¡JA JA JA! ¡Cale,
Casi, Arco y Mayo viven en un mundo de
fantasía! ¿Eres tú la princesa Rosita, Cale?
¡JA JA JA!

—¿Qué? —preguntó Cale confundido—. ¿La princesa Rosita?

—Sí, no disimules ahora. Menudo caballero estás hecho leyendo historias de príncipes y princesas. En lugar de ponerte la armadura para jugar a las cruzadas, deberías ponerte un vestido. ¡JA JA JA!

Cale no entendía nada. ¿De qué hablaba Murda?

—Aquí tienes tu basura —dijo Murda lanzándole el libro al pecho.

Cale cogió el libro que seguía brillando con un color rosa y lo abrió. Esta vez Rídel no pronunció ni una sola palabra, pero en sus páginas habían aparecido unos versos y un dibujo. Cale empezó a leer en voz alta…

En las páginas se veía una escena de una princesa con corona y un vestido rosa que paseaba junto a un príncipe por un paisaje campestre lleno de mariposas de colores, unicornios rosas y corazones rojos.

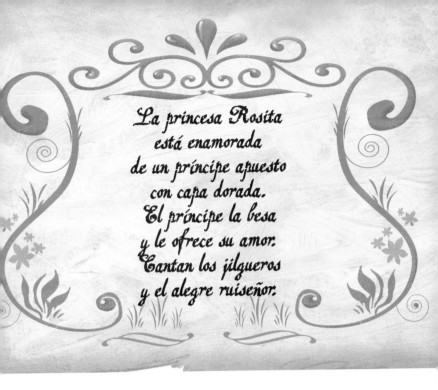

La princesa Rosita
está enamorada
de un príncipe apuesto
con capa dorada.
El príncipe la besa
y le ofrece su amor.
Cantan los jilgueros
y el alegre ruiseñor.

Todos se quedaron en silencio sin saber muy bien qué decir. Por fin Casi habló intentando reprimir una carcajada.

—Tienes razón, Murda —dijo—. Nos has pillado. Nos dedicamos a leer cuentos de hadas y princesas. ¿Qué tiene de malo? ¿Por qué no te quedas con nosotros a leerlo? Seguro que te gustará.

—¡Puaj! —contestó Murda poniendo cara de asco—. Lo último que voy a hacer es

quedarme aquí leyendo tonterías. ¡Vamos, Bronco! —dijo subiéndose a su dragón y clavándole con fuerza los talones en los costados para que alzara el vuelo—. Esta vez os habéis librado —amenazó antes de irse—, pero sé que estáis tramando algo y pienso vigilaros MUY de cerca. Adiós, princesitas. JA JA JA.

Murda y Bronco se alejaron volando por el cielo. En cuanto estuvieron lo suficientemente lejos para no oírles, los cuatro amigos se miraron y les entró un ataque de risa.

—Rídel, has estado genial —dijo Cale.

Rídel volvió a adquirir un tono verde y habló:

Hadas y princesas,
besos y achuchones
mantienen alejados
a los abusones.

—Tienes toda la razón —dijo Mayo.

—Pero… ¿creéis que de verdad se lo va a contar a todo el mundo? Es que a mí no sé si me hace mucha gracia que en el colegio piensen que leo esas cosas —dijo Arco preocupado.

—Y qué más da, Arco —le animó Casi—. Que piensen lo que quieran. Y oye, así por lo menos creerán que de vez en cuando lees algo…

—Muy gracioso —protestó Arco cruzándose de brazos.

—Dejemos de discutir —les interrumpió Cale—. Tenemos que descubrir dónde está la semilla.

De pronto, se oyeron unos sonidos de cornetas en la distancia.

TURURÍ TURURÍ

TURURÍ TURURÍ

CAPÍTULO 4

Reunión urgente del Comité

—¿*Habéis oído eso?* —preguntó Casi—. ¡Es una llamada a una reunión urgente del Comité!

El sonido de las cornetas se propagó por el aire y, muy pronto, empezaron a sonar otras cornetas desde otros puntos del pueblo. En Samaradó utilizaban esta técnica para avisar a los miembros del Comité de que tenían que dejar lo que estuvieran haciendo y acudir inmediatamente al Círculo de las Reuniones. Resultaba mucho más eficaz y rápido que enviar las palomas mensajeras cuando había una emergencia.

—Tenemos que averiguar qué está pasando —dijo Mayo. Ella sabía que todos los habitantes de Samaradó podían asistir a las reuniones del Comité y enterarse de lo que pasaba. En el pueblo no había secretos para nadie o, por lo menos, eso pensaban muchos...

—¿Pero qué pasa con la semilla? —preguntó Arco.

—Ya nos ocuparemos de eso después. Si hay algún problema debemos enterarnos cuanto antes —contestó Mayo.

Casi, Mayo y Arco se subieron a sus dragones y alzaron el vuelo mientras que Cale se montaba una vez más en el mondramóvil y agitaba las riendas para que Mondragó los siguiera.

Cale miró hacia el cielo y vio que había mucho tráfico de dragones que provenían de distintos lugares del pueblo. Era evidente que todos habían oído la llamada y acudían a ver qué estaba pasando. A lo lejos vio pasar

a su padre montado en Kudo que volaba a toda velocidad esquivando a los otros dragones para adelantarlos. Detrás de él iba su madre en su dragona Karma.

A medida que se acercaban se fueron encontrando con más y más gente. Los cuatro amigos saludaron a algunos compañeros de su colegio, al dueño del palomar y a la hermana de Cale que iba acompañada de su inseparable amiga, Casandra. Todos se dirigían al Círculo de las Reuniones, un anfiteatro al aire libre construido alrededor de una plataforma gigante de mármol que tenía tallado en el centro el escudo de cinco puntas de Samaradó: un dragón con forma de S que rugía con la boca abierta. En cada punta

del emblema había una silla de piedra para cada miembro del Comité: el padre de Cale, el alcalde Wickenburg, la madre de Casi, el herrero Fierro y Antón, el dragonero. Unas altas gradas de piedra rodeaban la plataforma. Ahí era donde se sentaban los habitantes del pueblo para escuchar las reuniones.

El lugar estaba abarrotado de gente que se preguntaba qué estaría pasando para que alguien convocara esta reunión urgente. Samaradó era un lugar muy tranquilo y seguro, y era normal que un evento así preocupara a sus habitantes. A medida que llegaban, ataban a sus dragones en unas zonas valladas y

acudían a sentarse en las gradas. En la parte de abajo ya esperaban impacientes todos los miembros del Comité. Todos, menos el alcalde Wickenburg.

Cale y sus amigos dejaron también a sus dragones en los corrales y se sentaron en la última fila del graderío. Cale miró a su alrededor. Divisó a su madre un poco más abajo hablando con el padre de Casi, el cartógrafo de Samaradó. Unas cuantas filas por encima vio a Murda, que se reía con un grupo de chicos. Cale se preguntó si les estaría contando lo del libro de princesas y si pronto se convertirían en el hazmerreír del colegio.

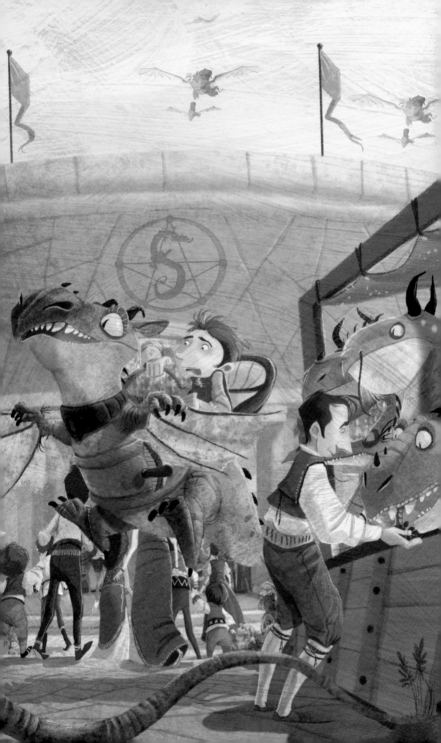

De momento era mejor no preocuparse por eso. Afortunadamente estaban de vacaciones de verano y pasarían muchas semanas antes de volver a clase y tener que soportar los comentarios y burlas de sus compañeros.

De pronto se hizo el silencio y la gente señaló hacia el cielo. Los dos inmensos dragones del alcalde se acercaban con sus grandes bocas abiertas y lanzando peligrosas llamaradas de fuego rojo. En uno de ellos, iba Wickenburg, azotando su látigo en el aire. El otro dragón llevaba colgando entre sus garras a un hombre muy delgado con una barba larga y blanca, que vestía una túnica andrajosa y movía sus pies descalzos en el

aire mientras se agarraba desesperadamente a las patas del animal para no caerse.

Cale lo reconoció inmediatamente: era Curiel, el hechicero del pueblo, un anciano mudo

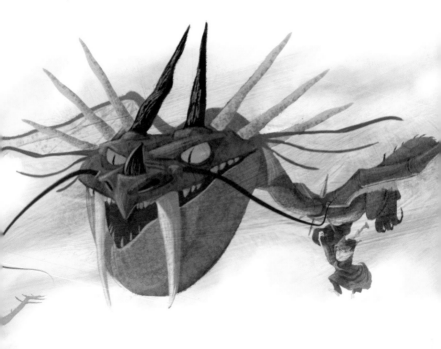

y solitario que vivía rodeado de animales en una cabaña en medio del bosque y se pasaba el día buscando raíces, setas y plantas medicinales para hacer pociones y un-

güentos que, según él, tenían poderes curativos. En el pueblo casi nadie le tenía mucho aprecio ya que su comportamiento era extraño y poco sociable. Caminaba emitiendo extraños sonidos y siempre cargaba un saco con un hurón negro que bufaba y mordía a quien se acercara. Sin embargo, las pocas veces que Cale se lo había encontrado, el anciano había sido muy amable con él. A Cale no le caía mal, pero podía entender por qué la gente no le apreciaba. Curiel realmente parecía entenderse mejor con los animales que con las personas.

El dragón del alcalde tomó tierra y Wickenburg se bajó. Arrastraba su látigo con una mano y en la otra llevaba una pequeña guadaña y un saco de tela de arpillera. Con un silbido, le dio la orden a su otro dragón para que soltara a Curiel. La bestia abrió sus garras, haciendo caer al hombre sobre el suelo de mármol. El anciano soltó un gemido de dolor al chocar contra la dura superficie. Wickenburg se acercó, le agarró del brazo y tiró de él hasta llevarlo al centro del Círculo, donde lo soltó de mala manera. Curiel se quedó agachado en el suelo. Parecía muy asustado.

—Miembros del Comité —empezó a decir Wickenburg—, aquí os entrego a un delincuente, un peligro para nuestro pueblo.

—¿Delincuente? —preguntó el padre de Cale—. ¿Curiel?

—Así es —contestó Wickenburg—. Esta mañana oí unos ruidos extraños en el Bosque de la Niebla y, como es mi obligación, tuve que entrar a ver qué estaba pasando. ¡Allí descubrí a Curiel destrozando los árboles! Llevaba esta guadaña y este saco. —Wickenburg mostró la herramienta afilada y vació el contenido del saco en el suelo: setas, cortezas de árboles y algunas hojas. No había rastro del hurón—. ¡Curiel ha talado casi todos los árboles del bosque y debe pagar por ello!

Entre los habitantes del pueblo se oyeron varios gritos ahogados. Muchos empezaron a murmurar entre ellos. La idea de que Curiel estuviera haciendo algo así les resultaba impensable.

Cale y sus amigos se miraron pero no se atrevieron a comentar nada por miedo a que alguien los oyera. Ellos habían estado el día anterior en el Bosque de la Niebla y vieron con sus propios ojos la destrucción. También habían visto la figura del verdugo, un encapuchado que latigaba a su dragón encadenado, pero llevaba la cara tapada y no lograron identificarlo. Cale observó la túnica de Curiel y le resultó bastante familiar. Sí, podría ser él, pero, ¿qué le habría llevado a alguien que vivía entre la naturaleza a hacer algo así?

Antón, el corpulento dragonero, se levantó de su asiento, se acercó hasta el anciano y le ayudó a reincorporarse. Curiel temblaba y se frotaba las manos adoloridas por las heridas que le habían dejado las garras del dragón del alcalde.

—Curiel —dijo—. ¿Es cierto lo que dice Wickenburg?

El anciano levantó la cara tímidamente y la luz del sol hizo que se pronunciaran más sus arrugas. Miró hacia las gradas donde la multitud enojada había empezado a gritarle. De pronto, entrecerró los ojos y su mirada se clavó durante unos segundos en los ojos de Cale. Al chico le recorrió un escalofrío por la espalda. Ellos pensaban que el verdugo no les había visto, pero la mirada de Curiel parecía revelar lo contrario. Nadie se percató del detalle, salvo una persona, Murda, que se giró desde donde estaba sentado para ver a quién miraba Curiel.

—Contesta a mi pregunta, Curiel —se impacientó Antón.

Curiel miró al dragonero y negó con la cabeza una y otra vez. Sus ojos se llenaron de lágrimas.

—¡Miente! —retronó Wickenburg—. ¡Aquí tenéis las pruebas! ¡Yo mismo lo vi!

Curiel siguió moviendo la cabeza insistentemente.

—Además —siguió diciendo Wickenburg—, ¿quién más se atrevería a saltarse las normas y entrar en el Bosque de la Niebla?

¿Quién más que Curiel querría talar los árboles para utilizarlos en sus inútiles pociones?

Cale se estaba haciendo esa misma pregunta. ¿Quién querría hacer algo así? De pronto se acordó de los planos de su padre que había visto en la biblioteca. Para construir los nuevos castillos tendrían que talar muchos árboles. ¿Sería parte de su plan deforestar el Bosque de la Niebla? ¡No! ¡Imposible! ¡Su padre jamás haría algo así! Seguro que se trataba de otro bosque. Pero, ¿cuál?

Después observó al resto de los miembros del Comité. Antón les había visto merodear cerca del bosque y él mismo oyó los ruidos del hacha y los gritos de los árboles parlantes

y actuó como si no oyera nada. ¿Estaría involucrado? ¿Y el alcalde? ¿Qué hacía cerca del Bosque de la Niebla cuando encontró a Curiel? ¿No se suponía que TODOS los habitantes de Samaradó tenían prohibida la entrada? Wickenburg era un hombre mezquino y cruel, pero en realidad ¿qué ganaría él destruyendo a los árboles parlantes? No tenía ningún sentido. Todo parecía indicar que, efectivamente, el único que podría tener interés en hacer algo así era el extraño Curiel.

—Miembros del Comité y ciudadanos de Samaradó —anunció Wickenburg mirando a la audiencia—. Las pruebas son evidentes y debemos castigar a este hombre por atentar contra nuestros recursos naturales y meterse en un lugar prohibido. Si alguien no está de acuerdo, que lo diga ahora mismo o acate la sentencia del Comité para siempre.

Las personas se miraron entre ellas y empezaron a cuchichear, pero nadie se atrevió

a decir nada. Los miembros del Comité también discutían. Cale vio que su padre gesticulaba y señalaba a Curiel mientras le decía algo a Antón. Antón asintió y habló con Wickenburg, pero el alcalde les hizo un gesto con la mano como si no estuviera dispuesto a discutir el asunto.

—Muy bien, parece que estamos todos de acuerdo —habló de nuevo Wickenburg hacia la multitud—. Por el poder que me habéis otorgado, sentencio a Curiel a una condena de seis meses en las mazmorras de mi castillo.

Algunas personas vitorearon y levantaron los puños en alto. Cale se quedó observando al anciano que se ponía de rodillas y se llevaba las manos a la cara sollozando.

—¿Seis meses? —dijo Mayo a sus amigos en voz baja para que nadie la oyera—. Curiel es muy mayor. No creo que aguante tanto tiempo en las mazmorras.

—Pero lo que ha hecho está muy mal —dijo Arco—. Acuérdate de los árboles parlantes. Será mucho tiempo, pero debe pagar por ello.

—Tienes razón —asintió Casi—. Ahora por lo menos sabemos que nadie seguirá podándolos y debemos encontrar las semillas

para que crezcan y todo vuelva a estar como antes.

Cale no dijo nada. Seguía pensando en que algo no encajaba. Le habían castigado demasiado pronto, nadie había buscado más pruebas. La evidencia parecía demostrar que había sido él, pero a lo mejor había alguien más involucrado…

El alcalde dio por finalizada la reunión y se subió a uno de sus dragones mientras que el otro volvía a agarrar a Curiel con sus garras y lo levantaba en el aire para llevarlo hasta las mazmorras de la fortaleza de Wickenburg. El resto de los miembros del Comité ordenó a la gente que volviera a sus casas y a sus trabajos. Afortunadamente habían conseguido atrapar a tiempo al delincuente y todo volvía a la normalidad.

O quizás, no…

CAPÍTULO 5

El laberinto del baobab

Cale vio cómo su padre se despedía de Antón y de Fierro y se acercaba por las escaleras de las gradas con su madre y los padres de Casi. Al pasar a su lado, se acercaron a saludar a los chicos.

—Papá, ¿por qué hizo Curiel algo así? —le preguntó Cale.

—No sabemos cuáles fueron los motivos —contestó el señor Carmona—, pero lo vamos a investigar.

—¿No habría que ir al Bosque de la Niebla a ver qué ha pasado? —preguntó Cale.

—¿Habría? —contestó el señor Carmona mirando a su hijo con el ceño fruncido—.

Cale, supongo que no tengo que recordaros que no podéis entrar en el bosque, ¿verdad? Ahora, más que nunca, es fundamental que respetéis las normas.

—¿Nosotros? No, no, para nada —contestó Cale nervioso mirando a sus amigos.

—El Comité se asegurará de tener esta situación bajo control —le tranquilizó el señor Carmona—. Antón y yo pensamos hablar con el alcalde para que haga una excepción y nos deje entrar en el bosque para inspeccionar los daños. ¿Y vosotros? ¿Qué plan tenéis para hoy?

Cale dudó. No sabía qué decir. Afortunadamente Mayo salió en su ayuda.

—Hoy pensábamos trabajar un poco con Mondragó y a lo mejor vamos a buscar ciruelas —dijo recordando las palabras de Rídel e intentando conseguir alguna información que les ayudara a saber dónde estaba la siguiente semilla—. Aunque como casi no ha llovido este verano, no sé muy bien si encontraremos alguna…

—Ah, Mayo, por eso no te preocupes —contestó la madre de Casi—. Los agricultores de Samaradó tienen todo previsto y gracias al baobab nunca nos quedaremos sin agua para nuestras cosechas.

—¿El baobab? —preguntó Casi muy interesado.

—Sí —añadió su padre—. El depósito natural de agua más importante del pueblo. Mira, precisamente estuve allí hace un par de días tomando medidas para trazar un nuevo mapa subterráneo. —El padre de Casi era el cartógrafo del pueblo y se pasaba el día yendo de un lado para otro para recoger datos para sus mapas. Sacó un pergamino y se lo mostró a los chicos. El mapa mostraba un entramado de túneles bajo tierra y vías que se ramificaban y conectaban entre ellas. El padre de Casi señaló el centro del ma-

pa—. ¿Veis? Aquí está el árbol baobab. ¿Y veis esta marca? Es la entrada al laberinto subterráneo de raíces huecas. Hay un sistema muy sofisticado de poleas y palancas que abren una serie de compuertas para permitir que el agua del tronco salga por las raíces y así poder regar las huertas. Es un sistema magnífico. Yo mismo ayudé a planearlo —dijo estirando la espalda muy orgulloso.

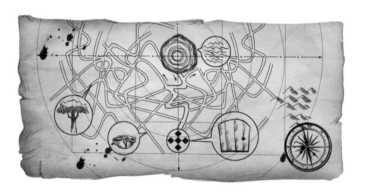

Cale observó el mapa con atención. ¡Claro! ¡El laberinto del baobab! ¿Cómo no se le había ocurrido antes? Era justo ahí donde se escondía la segunda semilla y donde debían dirigirse. Estudió el mapa con atención e intentó memorizar todos los detalles.

—¿Y el baobab dónde tiene las semillas? —preguntó Mayo esperando que el padre no sospechara el motivo de su repentino interés por el árbol.

—¿Las semillas? —preguntó el padre de Casi—. Hmm… no estoy seguro, pero probablemente estén cerca de su base. Más o menos por aquí —señaló—, donde está la gran compuerta que da al tronco.

Mayo intercambió una mirada con Cale. ¡Ya lo tenían! Ahora solo debían ir y cogerla.

—¿Pero vais a ir ahora con el calor que está haciendo? —preguntó la madre de Casi—. ¡Todo el mundo espera a la caída de la tarde para ir a recoger fruta!

—Déjalos que aprendan solos, Amanda —dijo el señor Carmona—, a su edad esas cosas no importan.

—Bueno, bueno, ellos mismos —contestó la madre de Casi.

De pronto, la señoraCarmona se rió y miró a los corrales donde estaban los dragones.

—Me alegra oír que vais a entrenar a Mondragó porque, desde luego, falta le hace —dijo. Todos miraron hacia donde estaba señalando. A pesar de que Cale le había soltado del mondramóvil y lo había atado a un árbol, Mondragó debió de haber estado jugando con Flecha y ambos estaban completamente enrollados con las riendas y no se podían mover.

—Bueno, chicos, que os divirtáis —se despidieron los padres de Cale y de Casi.

Cale esperó a que se alejaran un poco antes de hablar con sus amigos.

—¿Habéis oído? ¡La semilla está en el laberinto del baobab! —dijo entusiasmado—. ¡Venga! Tenemos que darnos prisa y aprovechar que a estas horas no va nadie.

Pero sí iba a haber alguien. El malvado hijo del alcalde había estado escuchando la conversación y ahora que sabía los planes del grupo, se escabulló sigilosamente entre la multitud, llegó hasta donde estaba su dragón y salió volando hacia el baobab.

Arco y Cale fueron a los corrales a desliar a sus dragones y sacarlos del recinto. A pesar de estar deseando empezar su misión, tardaron un buen rato en alejarse de allí ya que la gente salía del anfiteatro y se había creado un gran atasco de dragones y personas que comentaban los últimos acontecimientos y parecían tener muy pocas ganas de volver a sus casas.

Finalmente consiguieron abrirse paso y ponerse en camino por las carreteras bordeadas de árboles que daban a las plantaciones. El calor era abrasador y de vez en cuando se tenían que detener en algún riachuelo para mojarse la cabeza, dejar beber a sus dragones y rellenar sus alforjas de agua.

No tardaron mucho en divisar a lo lejos el gran valle donde se encontraba el inmenso árbol baobab. Su tronco medía más de cuarenta metros de circunferencia y en su interior debían de caber toneladas de agua que absorbía de la tierra y recogía de la lluvia. Se alzaba sobre una pequeña loma rodeada de campos de cultivo ordenados geométricamente: un campo de ciruelos con sus frutas rojas que ya asomaban entre las hojas, un huerto de sandías, lechugas,

filas de plantas de tomates que trepaban sobre unas estacas de madera y árboles de melocotones. Cada cultivo estaba separado por una estrecha vereda.

Sin perder un minuto, Cale y sus amigos fueron hasta el montículo donde estaba la entrada al laberinto. En el centro del montículo había una puerta muy grande que en esos momentos se encontraba abierta. Era lo suficientemente amplia como para que los chicos pudieran entrar con sus dragones. A un lado de la puerta, vieron una estructura de madera con varias palancas que, como les había contado el padre de Casi, servían para operar el sistema de compuertas subterráneas y dirigir la salida del agua hacia las cosechas.

—¿Creéis que la semilla está ahí adentro? —preguntó Casi con voz temblorosa observando la entrada al laberinto subterráneo por la que salía una débil luz.

—Seguro que sí —contestó Cale—. Rídel dijo que estaba entre las raíces del árbol y tu

padre nos confirmó que estaría cerca de la base del tronco.

—¡Venga, vamos! —dijo Arco entusiasmado cruzando la puerta con su dragón.

—¡No, espera! —gritó Casi—. ¿Qué pasa si alguien viene mientras estamos ahí adentro y cierra la puerta y nos quedamos atrapados? —preguntó Casi mirando a un lado y otro. No se veía a nadie, pero el plan era demasiado arriesgado. Además lo cierto es que a Casi le daba un poco de claustrofobia estar bajo tierra.

—Tienes razón —dijo Mayo—. Alguien debería quedarse a vigilar. Además creo que es mejor que dejemos a los dragones aquí. A lo mejor los túneles son muy estrechos y no pueden pasar.

—Yo me quedo —ofreció Casi, aliviado de no tener que entrar.

—¿Pero vas a poder controlar tú solo a los cuatro dragones? —preguntó Cale bajando del mondramóvil y soltando las cinchas de Mondragó. Su dragón salió corriendo hasta donde estaba Flecha y los dos se pusieron a jugar una vez más.

—Creo que mientras esté con Flecha, Mondragó no irá muy lejos —dijo Casi—. Y con Chico y Bruma no voy a tener ningún problema.

—Bueno, pues no se hable más —apremió Arco. Le pegó unas palmaditas en el lomo a su dragón, después se dio media vuelta y se metió sin pensarlo dos veces por la entrada del laberinto. Muy pronto se perdió de vista—. ¿No venís? —Su voz retumbó desde el interior del túnel.

—¡Espéranos, Arco! —le llamó Mayo después de darle una orden a su obediente dragona para que se tumbara debajo de un ciruelo con Chico, el dragón de Casi.

Flecha y Mondragó seguían distraídos jugando a perseguirse entre los árboles frutales.

—Espero que no tengas problemas con los dragones, Casi —le dijo Cale a su amigo. De pronto se acordó de Rídel. Dentro del laberinto habría mucha humedad y se podría estropear. Decidió dejarlo con Casi. Abrió su saco, extrajo el libro que brillaba con una

tonalidad verde y se lo dio a su amigo—. Será mejor que lo guardes tú mientras estemos ahí dentro.

—Muy bien, lo meteré en las alforjas de Chico. Allí estará a salvo —dijo Casi cogiendo el libro. Después miró a Cale seriamente. Parecía preocupado—. Tened mucho cuidado. No sé por qué, pero tengo el presentimiento de que esta misión es más peligrosa de lo que parece.

—No te preocupes —le dijo Cale intentando sonar convencido, aunque en realidad a él también le daba un poco de miedo meterse en los túneles oscuros—. Será entrar y salir. En unos minutos estaremos de vuelta. Recuerdo perfectamente el mapa de tu padre y encontraremos la semilla enseguida. Ya verás.

—Eso espero —contestó Casi.

CAPÍTULO 6

Un túnel
muy peligroso

Cale atravesó la puerta y llegó hasta donde estaban esperándole Arco y Mayo.

El túnel estaba húmedo y frío y la única iluminación provenía de unas pequeñas antorchas que colgaban de unos ganchos clavados en el techo. La débil luz titilaba produciendo unas sombras siniestras en la pared. Los tres amigos avanzaron cautelosamente sobre el suelo resbaladizo. El chapoteo de sus botas al pisar los charcos retumbaba en el interior del pasadizo.

Muy pronto, el túnel comenzó a descender hacia el entramado de raíces subterráneas. Cada vez se hacía más empinado. Unas

piedras largas alineadas en el suelo servían de escalones y los chicos bajaban lentamente, con las manos apoyadas en la pared y mirando hacia abajo para no caerse.

De pronto, Cale pisó una roca cubierta de musgo.

—¡UEEEEEEEY! —gritó Cale resbalándose y cayéndose hacia delante.

Cale se chocó contra Mayo y ella a su vez se abalanzó encima de Arco que no pudo soportar el peso de sus dos amigos.

—¡CUIDADOOOO! —los gritos de Arco resonaron en el túnel mientras los tres chicos rodaban por el suelo y empezaban a bajar a toda velocidad por la superficie mojada. Arco iba de cabeza, con las manos extendidas hacia delante. Mayo y Cale descendían detrás de él, luchando desesperadamente para sujetarse a algo y detener la caída. Pero era inútil. La pendiente era demasiado empinada y el suelo mojado hacía que se deslizaran como si bajaran por un tobogán gigante. Cale

intentaba agarrarse a algo para frenar la caída. Por fin su mano se cerró en una de las piedras del suelo, pero no sirvió de nada. La piedra se desprendió y Cale y sus amigos siguieron bajando cada vez más rápido.

—¡Nos vamos a estrellar! —gritó Arco que veía cómo se acercaban a toda velocidad hacia la parte más profunda del túnel. ¡El golpe era inevitable!

Los chicos gritaban asustados.

—¡AAAAHHHHHHH!

El final del túnel estaba a menos de tres metros. Dos. Uno…

¡PLAF!

Arco se chocó contra el suelo duro.

¡PLAF!

¡PLAF!

Mayo y Cale aterrizaron encima de él.

Se quedaron unos segundos sin moverse, intentando recuperar la respiración. Por fin Cale habló.

—¿Estáis bien? —dijo.

—Estaría mucho mejor si os quitarais de encima —protestó Arco que seguía aplastado bajo el peso de sus dos amigos.

Mayo y Cale se pusieron de pie y ayudaron a Arco a levantarse. Afortunadamente ninguno se había hecho daño.

Cale miró a su alrededor. Debían de estar en la parte más profunda del laberinto. El túnel principal se extendía hasta donde se perdía la vista. En aquel tramo había menos antorchas y la mayoría de ellas estaban apagadas. A ambos lados de la pared había varias compuertas cerradas que daban paso a otros pasadizos. El ruido de la corriente de agua era más intenso. Cale se imaginó que por los otros túneles debía de estar corriendo el agua para regar las cosechas.

—Tenemos que seguir —dijo Cale poniéndose en cabeza e ignorando las magulladuras que se había hecho al caer por el tobogán.

Pronto llegaron a una bifurcación. Delante de ellos se abrían dos túneles prácticamente iguales. El de la derecha estaba mejor iluminado y pensaban meterse por ahí, pero de pronto descubrieron una pequeña flecha dibujada en la pared del túnel de la izquierda.

—¿Y ahora qué? —preguntó Arco.

—En el mapa no recuerdo que el túnel principal se dividiera —dijo Cale pensativo—. Supongo que alguien habrá dibujado esta flecha para que la gente no se pierda. Vamos a seguirla.

Se metieron por el túnel de la izquierda. Avanzaron unos metros y hundieron los pies hasta los tobillos en un agua helada y oscura. A Cale le entró una horrible sensación de frío y empezó a tiritar. Un olor nauseabundo llenaba el aire y los chicos se tenían que tapar la nariz y la boca con las camisas para no respirar los gases apestosos que emanaban del agua sucia. De pronto, Cale pisó algo blando que se empezó a mover. Miró hacia abajo y, al ver lo que era, se quedó petrificado de miedo.

¡Ratas! El suelo del túnel estaba completamente lleno de ratas grises que los miraban con sus pequeños ojos rojos. Cale observó las paredes del pasadizo. ¡Más ratas! ¡Estaban completamente rodeados! Los animales bufaban y les amenazaban con sus dientes afilados. Algunas se levantaban sobre sus patas traseras y otras se acercaban peligrosamente a sus pies.

—¡Hay cientos de ratas! —exclamó Cale.

De pronto dos de los animales se engancharon a la pierna de Mayo y empezaron a trepar.

—¡Ahh! —gritó Mayo—. ¡Ayuda!

Arco inmediatamente sacó el tirachinas, lo cargó con una piedra que llevaba en el bolsillo y tiró de la goma elástica hacia atrás.

—¡No, Arco! ¿Te has vuelto loco? —le gritó Cale—. ¿Qué pretendes?

Arco le miró sorprendido.

—Son demasiadas y si las atacas, morderán a Mayo —dijo Cale. Después se acercó a su amiga—. Mayo, no te muevas. Quédate completamente quieta. Con un poco de suerte, solo quieren olerte.

Cale esperaba no equivocarse. Sabía que era inútil defenderse. Si los animales querían, podrían acabar con ellos en cuestión de minutos.

Mayo intentó seguir las indicaciones de su amigo, pero el cuerpo le temblaba a medida que los repugnantes roedores le subían por la camisa y se enganchaban en su pelo negro. Cale intentaba calmarla, pero de pronto notó unos golpes en la espalda. ¡Las ratas se estaban lanzando hacia él desde las paredes! Cale se agachó y se protegió la cara con las manos. Sentía el impacto de las ratas al aterrizar sobre su espalda. Primero una, después dos... siete... ¡diez! Los sucios animales se abalanzaban sobre él y le mordisqueaban la ropa.

Arco no tuvo mejor suerte. Otro grupo de ratas empezó a trepar por su cuerpo, clavándole sus afiladas uñas en la piel.

—¡Nos van a comer vivos! —balbuceó Arco.

Los chicos miraban aterrorizados mientras docenas de animales seguían acercándose a ellos sin ningún miedo y trepaban por sus cuerpos. En unos segundos, se encontraron completamente cubiertos de roedores rabiosos que lanzaban pequeños chillidos mientras seguían encaramándose peligrosamente. Tenían ratas en las piernas, los brazos, los hombros, la espalda… Algunas les olisqueaban el pelo y los ojos mientras que otras les arañaban la ropa y la piel. Cale podía sentir el olor nauseabundo de su piel mojada y vio el brillo de sus dientes amarillentos. Le entraron unas horribles ganas de gritar.

Mayo seguía tiritando con los ojos llenos de lágrimas, mientras hacía un esfuerzo sobrehumano por no moverse. Notó cómo una de las ratas le metía el morro afilado en la oreja.

Arco respiraba con fuerza, con el corazón latiéndole a toda velocidad.

Cale cerró los ojos y la boca, preparándose para recibir el primer mordisco.

¿Cómo iban a salir de ahí? ¿Cuánto tiempo podrían resistir sin moverse?

Cuando estaban al filo de la desesperación, se oyó

un ruido metálico muy fuerte y un chirrido. Parecía que venía del fondo del túnel.

¿Qué había sido eso?

Al oír el ruido, la rata más grande que se había subido a la cabeza de Mayo saltó hasta el suelo y empezó a chillar. Sus agudos chillidos hicieron eco en el pasadizo. Las otras ratas se movieron nerviosamente y de pronto, una detrás de otra, empezaron a bajar del cuerpo de los chicos emitiendo ruidos espeluznantes. La masa de animales grises y peludos salió huyendo por el túnel, metiéndose entre las irregularidades del suelo y de las paredes. ¡En menos de tres segundos habían desaparecido todas!

Todo se quedó en silencio. Un silencio absoluto.

—¿Qué ha pasado? —preguntó Arco mirando hacia los lados.

—No lo sé, pero tenemos que encontrar la semilla y salir de aquí cuanto antes —dijo Mayo que seguía tiritando de miedo.

Los tres chicos siguieron avanzando por el túnel, arrastrando sus pies mojados por el suelo con mucho cuidado de no pisar ningún animal. Poco a poco consiguieron alejarse del maloliente nido de ratas, aunque todavía les temblaba todo el cuerpo. No eran capaces de olvidar la escena terrorífica que acababan de vivir ni de quitarse el olor repugnante que les habían dejado las ratas. Tenían los brazos llenos de arañazos de sus uñas afiladas y la ropa desgarrada y completamente mojada.

El túnel se bifurcó varias veces más, pero afortunadamente, siempre encontraban una flecha en la pared que les indicaba el camino a seguir. Se adentraron más en el laberinto, atravesando pasadizos interminables. Algunos tenían el techo muy bajo, obligándoles a gatear sobre el suelo mojado. Cale se alegró de no haber llevado a Mondragó y se preguntó qué tal le estaría yendo a Casi en el exterior con los cuatro dragones. Ya llevaban mucho tiempo en el laberinto y seguro que su amigo debía estar preguntándose qué les había pasado.

Después de recorrer un sinfín de túneles subterráneos, vieron una luz brillante al final de un pasadizo.

—Ahí debe de estar el tronco —exclamó Cale entusiasmado acelerando el paso.

¡Por fin!

Los tres amigos corrieron en dirección a la luz y llegaron a una inmensa cámara iluminada por docenas de antorchas que colgaban del techo. En el fondo de la cámara había una pared convexa con una gran compuerta de madera en el centro. La puerta tenía unas fuertes argollas de hierro en la parte de arriba a las que estaban enganchadas unas gruesas cadenas que subían hasta esconderse por unos agujeros. ¡Habían llegado a la base del tronco del baobab!

—¡Lo hemos conseguido! —dijo Cale acercándose al tronco—. Por aquí tiene que estar la semilla.

De pronto, se oyó una voz por detrás de ellos.

—Efectivamente.

Se dieron la vuelta sobresaltados y se encontraron al diabólico Murda que los miraba con una sonrisa de oreja a oreja desde la en-

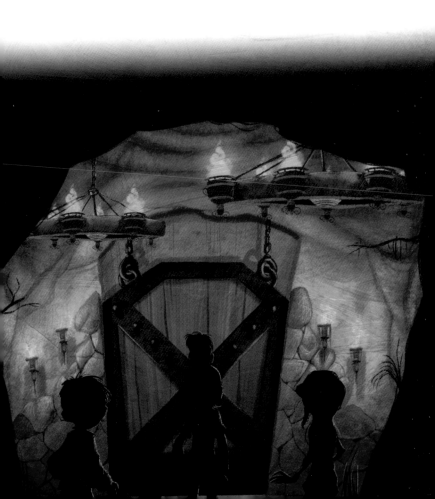

trada de la cámara. Cale observó la cara del chico y le recordó a las ratas perversas que se acababan de encontrar en el túnel. Un escalofrío le recorrió la espalda. Murda esta vez no llevaba su peligrosa bola de pinchos en la mano. En su lugar, sujetaba un pequeño objeto redondo de un color azul muy brillante. ¡La semilla del baobab!

—¿Estáis buscando esto? —dijo tirando la semilla al aire con la mano para después volver a cogerla—. Creo que ha llegado el momento de que me digáis de una vez por todas qué estáis tramando —amenazó acercándose lentamente a ellos.

CAPÍTULO 7

Y mientras tanto...

En el exterior, a Casi no le iban las cosas tan bien como le hubiera gustado. Flecha y Mondragó no dejaban de jugar a perseguirse. Se colaron en una de las huertas y pisotearon las sandías. Cuando Flecha se cansaba de correr, se subía volando a uno de los ciruelos y Mondragó daba golpes al árbol para intentar bajar al dragón, haciendo que las frutas se desprendieran de las ramas y se esparcieran por el suelo.

¡Eran totalmente incontrolables!

Casi los perseguía e intentaba arreglar los desperfectos. Recogía las ciruelas caídas y las iba metiendo en unos canastos que sacó de las alforjas de su dragón.

Con tanto ejercicio y el calor abrasador del verano, a los dragones les había entrado mucha sed. Mondragó tenía la boca seca. ¡Necesitaba agua! Empezó a olisquear por todas partes y se acercó a la entrada del laberinto. Sabía que allí adentro había agua. Mucha agua. Podía olerla.

—¡No! —gritó Casi—. ¡Aléjate de ahí!

Casi salió corriendo hacia el dragón, le agarró del collar y empezó a tirar de él para que no se metiera en el túnel. Mondragó se resistía, clavaba las patas en el suelo y echaba el cuerpo hacia atrás. Casi volvió a tirar con todas sus fuerzas y Mondragó, para quitarse al chico de encima, empezó a dar vueltas a su alrededor.

—¡Paraaaaaaaa! —exclamó Casi mientras giraba a toda velocidad agarrado al collar del dragón.

Mondragó siguió girando, cada vez más rápido. En una de las vueltas, le dio un golpe muy fuerte con la cola al panel de mandos ¡y rompió una de las palancas! De pronto la

gran compuerta empezó a cerrarse. El dragón dio una vuelta más y Casi no pudo mantenerse agarrado; se le soltaron los dedos del collar y salió despedido por los aires.

—¡AAAAHHHHHHH! —gritó Casi mientras volaba hacia el campo de lechugas.

Mondragó se acercó a la compuerta, la sujetó con el morro y consiguió meterse dentro antes de que se cerrara completamente por detrás de él.

—¿Qué has hecho? —gritó Casi levantándose del suelo y corriendo hacia la entrada—. ¡Vuelve! ¡Mondragó!

Demasiado tarde. Casi se acercó al panel de mandos y cogió el mango de la palanca que estaba en el suelo. ¡Ya no servía para nada! ¿Cómo iba a abrir la puerta ahora? ¿Cómo iban a salir sus amigos? Vio que otra palanca se había movido y la empujó para volver a ponerla como estaba. Pero ¿estaba hacia arriba o hacia abajo? Casi dudó y la volvió a empujar haciendo que apuntara en dirección contraria.

«Sí, creo que estaba así», pensó Casi.

Pero no estaba así. En ese momento, el mecanismo de cadenas y poleas se puso en movimiento y la gran compuerta del tronco del baobab se empezó a abrir mientras Mondragó bajaba por el túnel deseando saciar su sed.

CAPÍTULO 8

¡Atrapados!

Dentro del laberinto del baobab, Cale, Mayo y Arco miraban a Murda sin saber qué hacer ni qué decir.

—¿Y bien? —preguntó Murda.

Antes de que pudieran reaccionar, se oyó de nuevo un ruido metálico muy fuerte y un crujido. De pronto, toda la cámara tembló. Las gruesas cadenas de hierro que sujetaban la compuerta se tensaron poco a poco, y la gran puerta de madera comenzó a ascender lentamente. A medida que lo hacía, un gran torrente de agua se empezó a colar por debajo.

—¡NOOOOOOOO! —gritó Cale agarrándose a la puerta e intentando empujarla hacia abajo. Arco y Mayo acudieron en su ayuda. Los tres chicos se agarraron de la madera y tiraron con todas sus fuerzas. Pero era inútil. El mecanismo de poleas se había activado y eran incapaces de detenerlo.

—¡Ayúdanos, Murda! —gritó Mayo mirando al hijo del alcalde que se había quedado inmóvil con una mirada de terror en la cara.

Murda intentó dar un paso, pero la corriente era muy fuerte y le empujaba contra las paredes de la cámara. El agua subía a toda velocidad y pronto le llegó a la cintura. El chico movía los brazos y las piernas luchando contra la imparable masa de agua que inundaba la cámara.

Cale, Mayo y Arco seguían agarrados a la puerta y, a pesar del peso de los tres amigos, no conseguían evitar que siguiera subiendo.

—¡Vamos a morir ahogados! —gritó Arco.

El agua entraba cada vez con más fuerza, colándose por los túneles como un tsunami imparable. Murda forcejeaba intentando

mantener la cabeza por encima de la superficie. Pero la corriente le empujó ¡y salió
arrastrado por el túnel! En unos segundos
se perdió de vista. Solo se oían sus gritos
ahogados.

Cale, Mayo y Arco se miraron horroriza-
dos. ¡Murda había desaparecido! La compuerta estaba prácticamente abierta del todo
y el agua llenaba la cámara y salía por los
túneles como un río caudaloso que rugía con

rabia arrastrando todo a su paso. Apenas quedaba espacio para respirar.

—¡Me voy a soltar! —exclamó Arco—. ¡No nos podemos quedar aquí!

—¡No, Arco! ¡Espera! —gritó Cale. Demasiado tarde. Su amigo tomó aire con fuerza ¡y se lanzó al agua! Cale no lo podía ver. ¿Se habría ahogado? Cale sintió que el miedo se apoderaba de él. De pronto, Arco sacó la cabeza por fuera del agua y vieron cómo se alejaba con la corriente.

—¡Vamos! —le gritó Cale a Mayo—. ¡No podemos abandonarle!

Cale también se soltó y se zambulló en el gran torrente de agua que seguía entrando por la compuerta. Mayo se tiró detrás de él. La fuerza de la ola arrastró a los chicos haciendo que se chocaran con las paredes del túnel por donde había salido Murda unos

segundos antes. Por delante de ellos veían a Arco que movía los brazos desesperado intentando mantenerse a flote.

«¡Vamos hacia la salida! ¡Si aguantamos un poco conseguiremos salir!», pensó Cale mientras el agua se le metía por la boca y por la nariz y le empujaba por el túnel haciendo que diera vueltas.

Pero la salida del laberinto estaba bloqueada.

En el otro lado del túnel, Mondragó avanzaba en dirección al agua cuando oyó el gran estruendo que hizo temblar todo el laberinto. Al dragón el ruido no le impresionó. Seguía muerto de sed y lo único que tenía en la cabeza en ese momento era encontrar agua. De pronto, la vio. La inmensa ola apareció en el fondo del túnel. ¡Iba directa hacia él a toda velocidad llenando por completo todos los túneles del laberinto! ¡Le iba a arrollar! Mondragó se agachó y se preparó para recibir el impacto.

La ola rugía por el pasadizo. Estaba a punto de chocarse con el dragón.

¡Splash! ¡Splash! ¡Splash!

La ola empujó a Mondragó hacia atrás, haciendo que se tambaleara. Pero el dragón aplastó su cuerpo con fuerza contra el suelo del túnel y consiguió que la corriente no lo arrastrara. El gran torrente le pasaba por encima del lomo, rompiendo contra las paredes y las compuertas cerradas del túnel.

De pronto, Mondragó notó algo sólido que se chocaba contra su cuerpo.

¡PLAF!

¡Era Murda! El chico estaba medio inconsciente pero consiguió agarrarse al cuello del dragón mientras la corriente seguía avanzando.

A los pocos segundos, Mondragó recibió tres nuevos impactos.

¡PLAF!

¡PLAF!

¡PLAF!

Mayo, Cale y Arco también se chocaron contra el dragón que bloqueaba casi todo el paso del agua con su inmenso cuerpo y mantenía la cabeza erguida hacia el pequeño espacio que quedaba entre el torrente de agua y el techo. Los cuatro chicos se agarraron al dragón desesperadamente intentando que la corriente no se los llevara.

La ola siguió avanzando por el túnel. Subió por el tobogán, se chocó contra la compuerta de salida y regresó por el pasadizo creando un remolino alrededor del dragón y sumergiéndolo por completo.

El túnel se quedó completamente a oscuras y cubierto de agua. Ya no quedaba más aire. No podían respirar.

Su misión había llegado al final.

Un final devastador.

CAPÍTULO 9

El final de la misión

En la entrada al laberinto, Casi seguía intentando arreglar la palanca que se había roto. Sacó sus herramientas de las alforjas de su dragón y empezó a clavar unos clavos en la madera. Con un poco de suerte funcionaría. Él era el inventor del grupo y se le daban bien este tipo de manualidades. Pero con los nervios le temblaba el pulso y de cada tres martillazos, solo conseguía acertar uno.

—¡Ay! —gritó cuando la cabeza del martillo le aplastó el dedo.

Un clavo más y podría probarla.

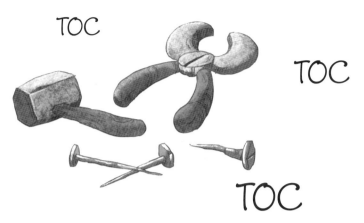

TOC

TOC

TOC

¡Lista!

Casi cogió la palanca con la mano y con mucha suavidad, la empujó hacia abajo.

¡La puerta de entrada se movió! ¡Estaba funcionando! Sin embargo, cuando consiguió abrirla del todo y Casi se asomó, vio algo que hizo que se le parara el corazón. ¡El túnel estaba completamente cubierto de agua! ¡Se había inundado todo!

¡Sus amigos debían haberse ahogado!

—¡NOOOOOO! —Casi gritó y se sentó en el suelo con las manos en la cabeza. Unas lágrimas le salieron por los ojos. Había sido incapaz de controlar a los dragones y, por su culpa, nunca más vería a sus amigos.

Flecha, Chico y Bruma se acercaron a Casi y se sentaron a su lado. Sabían que había sucedido algo muy grave.

Casi empezó a sollozar. No se lo podía creer. Unas horas antes habían estado todos juntos y ahora todo se había acabado. ¿Qué iba a hacer ahora? ¿Cómo se lo diría a sus padres? ¿Cómo podría seguir viviendo después de cometer tal trágico error?

Se sentía completamente desolado. Lloraba intensamente hundiendo la cara entre sus manos.

No se dio cuenta de que en la superficie del agua que cubría el túnel empezaron a aparecer unas pequeñas burbujas.

BLOP

BLOP

BLOP

BLOP

Unos segundos más tarde apareció una inmensa cabeza.

Flecha lo vio y salió corriendo, seguido de Bruma y de Chico. Casi levantó la vista.

¡Era Mondragó! ¡Había conseguido salir con vida!

El gran dragón movió el cuerpo pesadamente y consiguió sacar el cuello del agua. ¡De su collar llevaba colgando a Mayo, Cale, Arco… y Murda! Los cuatro parecían encontrarse en muy mal estado. Arco y Mayo tosían sin parar y Cale tomaba grandes bocanadas de aire. Murda era el único al que todavía le quedaban fuerzas para moverse. En cuanto vio que habían salido a la superficie, saltó al suelo y se alejó de la entrada del túnel, tambaleándose.

—¡Estáis vivos! —gritó Casi ayudando a sus amigos a salir. No entendía muy bien qué hacía Murda con ellos, pero en esos momentos no le importaba. Sus amigos estaban sanos y salvos.

Murda se alejó unos pasos más y se metió los dedos en la boca para soltar un silbido

muy alto. En unos segundos apareció su dragón por el aire y aterrizó a su lado. Murda se subió y antes de clavarle los talones a Bronco, miró a los cuatro chicos y a sus dragones.

—Esta me la vais a pagar —amenazó—. Nos volveremos a ver.

Su dragón alzó el vuelo y ambos se alejaron volando por el cielo.

—¿Qué ha pasado? —preguntó Casi a sus amigos. Pero Cale, Mayo y Arco seguían muy débiles y no podían contestar. Se tumbaron en el suelo respirando con fuerza el aire puro.

Por fin, Cale se incorporó y miró a su dragón que estaba tumbado en el suelo jadeando sin parar.

—Mondragó nos ha salvado —dijo por fin. Después miró hacia abajo apesadumbrado—, pero hemos fracasado en nuestra misión. Murda se ha llevado la semilla.

Los cuatro se quedaron en silencio. Sí, habían conseguido salir con vida y eso era lo más importante, pero sabían que sin la semilla, jamás podrían salvar a los árboles parlantes.

Arco tosió y escupió un poco de agua. Después se sentó. Estaba completamente empapado.

—¿Quién dice que hemos fracasado? —dijo esbozando una sonrisa. Se metió la

mano en el bolsillo ¡y sacó la semilla azul!—. Se la quité a Murda mientras se sujetaba al collar de Mondragó. Estaba tan agobiado que no se dio ni cuenta.

¡Lo habían conseguido!

¡Tenían la segunda semilla!

—¡Arco, eres increíble! —se rió Cale. Miró a Casi—. ¿Por qué no traes a Rídel a ver qué dice?

Casi se levantó corriendo y fue hasta las alforjas de su dragón donde tenía guardado el libro. Lo cogió. El libro brillaba con fuerza. Abrió la tapa y en sus páginas apareció la imagen del árbol baobab con la semilla azul a su lado. Rídel se aclaró la garganta y habló:

La secuoya y el baobab
nos ofrecen sus semillas.
Ya solo quedan cuatro
en un lugar escondidas.

¡Sí! ¡La misión había sido un éxito total!

Cale miró a su alrededor... Bueno, quizás no del todo. La huerta de lechugas estaba pisoteada, en los ciruelos apenas quedaban

frutas, había trozos de sandía esparcidos por todo el suelo y el baobab se había quedado sin agua. Si no llovía pronto, la tierra se secaría y el pueblo perdería todas sus cosechas.

—Hoy no podemos hacer nada más —dijo Cale—. Será mejor que volvamos a nuestros castillos y mañana pensaremos cómo vamos a arreglar todo esto. Ahora necesitamos secarnos y descansar. Creo que después de tanta agua, no me pienso bañar en una semana.

—Pues con la peste que echas no sé si eso será muy buena idea —dijo Casi tapándose la nariz. Ahora que sabía que sus amigos estaban bien y que habían completado la misión, estaba mucho más tranquilo y podía hacer bromas.

En cuanto dijo esas palabras, notó una gota en la cara. Después otra. ¡Había empezado a llover!

—¡Está lloviendo! —exclamó Cale—. ¡Por fin! Espero que llueva mucho y el baobab se llene otra vez de agua.

—Venga, vámonos —dijo Arco—. Estoy deseando llegar a mi castillo y comer.

Los chicos se incorporaron, cogieron a sus dragones y se alejaron por el camino de tierra, dejando atrás el baobab y su laberinto subterráneo.

Al día siguiente continuarían su misión y saldrían en busca de la siguiente semilla.

Estaban agotados, pero nada ni nadie les impediría continuar. Nunca abandonarían al Bosque de la Niebla.

MONDRAGÓ

Títulos de esta colección:

Ana Galán nació en Oviedo, España, hace más años de los que le gustaría, pero menos de los que piensa la gente. Pasó su infancia y gran parte de su juventud en Madrid. En 1989, fue a vivir a Nueva York donde se casó, tuvo tres hijos (que de alguna manera que ella no acaba de comprender se hicieron adolescentes), y empezó su carrera como autora, editora y traductora de libros. En las pocas ocasiones en las que no está delante de su ordenador escribiendo, contestando e-mails, hablando o descargando fotos, se dedica a jugar y entrenar a un labrador para que se convierta un día en un gran perro-guía para ciegos.

Pablo Pino nació en Argentina hace 31 años. Muchos cuentan que llegó con un lápiz en la mano. ¿Será verdad? No lo sabemos, pero podemos asegurar que siempre dibujó de todo: ¡desde niños hasta monstruos y gigantes, desde casas hasta castillos... desde perros hasta dragones! Tiene la alegría de hacerlo, desde hace algunos años, en libros para niños y adolescentes, como este que tienes en tus manos. Ha ilustrado muchos en Argentina y otros países del mundo. También ha participado en diferentes exposiciones e incluso da clases de dibujo a niños que comparten su misma pasión. Es fanático del River Plate y en sus ratos libres juega con Agostina, su pequeña hija, a dibujar, recortar, pegar y manchar papeles..., a crear muñecos y pintarlos de muchos colores, mientras sueñan con hacer juntos su propio libro.

Cale y sus amigos han conseguido la primera de las seis
semillas que necesitan para que los árboles parlantes vuelvan
a crecer. Rídel les revela que la siguiente está en el laberinto
del **Baobab**, un entramado de raíces subterráneas que lleva
agua a las cosechas. Entrar en el laberinto es muy peligroso,
pero ellos están dispuestos a arriesgarse. Lo que no saben es
que dentro del túnel alguien o algo les está esperando...

¿Conseguirán salir con vida de esta?

ISBN 978-84-441-4814-4

9 788444 148144

editorial everest
www.everest.es